時の声が
聞こえてくる

高崎乃理子

時の声が聞こえてくる

もくじ

I

II

III

I

たんぽぽよ

たんぽぽの花が
野原を
うめつくす

線路は春にうもれて
この風景を　越え
あの日に　つながっていく

たんぽぽよ

もう帰れない
あの春の日にも

咲いていたね

はじめてのわかれ
指切りをした
ふたりの足もとで
咲いていたね

まだ寒い風がふく
けれど
まあるい光の中で

たんぽぽよ

春の鳥

白木蓮の枝に
たくさん止っている
白い鳥たち

今にも
飛び立とうとする
鳥のような
白い花たち

まだ弱い
陽ざしの中

にぎやかに
咲いて　ゆれて
やがて
飛び立つ

〝翼なんか
いらない〟

白い花びらを
すべて落して
春をよびにいく

かおりだけが
かすかにそこに残る

春の鳥は
光る風になって
高く高く
登っていった

五月

五月の　あめ
五月の　かぜ
五月の　ひかり

したたる
ゆれる
きらめく

すぎてしまった
日々の
いたみも　かなしみも

あふれる　みどりの中では
なつかしい　思い出のひとつ

五月の　あめ
五月の　かぜ
五月の　ひかり

ぬれていたい
ふかれていたい
つつまれていたい

わたしは
みどりにそまる

すべて

みどりにそまる

わたしの　うた
わたしの　ゆめ
わたしの　あおぞら

わたしは
かろやかに
羽をひろげる

つゆ草

夏の夜明け
さわやかな　めざめ
はげしい陽ざしを　まつ
しずけさ

庭のすみで
もう　さいている
小さな　青いしずく
つゆ草の花

葉の上のつゆが消え
真昼のざわめきと
きびしい暑さの前に

つゆ草の花も
消える

ひとしずくの
青いインクになって
こぼれおちる

雨

強い陽ざしに
焼かれた
川原の大きな石

かけ足で
去っていった
夕立のあと

白い湯気を
たてている

こんなにはやく

空に帰っていく
雨を
はじめて知った

はぜの木

町の中に
あかるい
広がり
取りこわされた
家のあとに
一本の木

風にゆれている
はぜの木

空に近い葉が
二、三まい

もう
秋をとらえている

夕焼け色になっている

そっとあかりを

残りわずかな
今年の日々
夜の街には
イルミネーション
にぎわう街に
降りだした　雪
チラチラ
チラチラ
街をつつむ

私をつつむ
チラチラ
チラチラ
私の心に広がってゆく
音のない　白い世界
誰かのために
祈りたい
そっとあかりを
灯もしたい
残りわずかな
今年の日々

Ⅱ

空

星がしだいに
かがやいてゆく

ぼくは
日ぐれどきの
この空がすきだ

星に
名まえをつけた
遠い人々がすきだ

風に吹かれて

風に吹かれて
立っている

陽がしずみ

色をなくした
深い空に

星が
かがやきはじめる

昼と夜とが

入れ変わる時
宇宙をかんじる

自分が
とても
ささやかに思える

ひとつぶの
命の
またたきになっていく

だから
夜に向う

この時間
風に吹かれて
空を見上げているだけで
私は
しあわせ

風が見える時

風が見える
絹の細い帯のように
なめらかに
通りぬけていく

風が見える
津波のように
うなりながら
木々をゆらし
押し寄せてくる

風が見える

渡り鳥を乗せて
夕焼けの空を
ゆうゆうと流れていく

見えないものが
見える

風が見える時
私の心がすべて
あなたに見えているでしょうか

空の深いところ

みどりの枝から
飛び立った
小鳥は

空の中に
消えていった

昼の
流れ星のように

空の
深いところへ

いつまでも
そのあたりを
見つめていると

やさしい
大きなまなざしに
包まれている
気がしてきた

りんご畑の中で

わたしは
りんご畑の中で
迷いながら

たくさんのりんごが
熟れて落ちるのを
見ていた

いつも
いつも

夢の中で
日々の中で

何かひとつでも
ささやかなものでも

わたしは
確認したい

私に用意された

しずかに落ちてくる
ニュートンのりんご

そして
だれかに
確認してほしい
明るく広がる
りんご畑の中で
わたしが
こうして
生きていることを

Ⅲ

春の時代

いつも遠くへ行きたいと
思っていた　あの頃

取りたてて
不幸でもなく
遠くに輝くものがあると
信じていた
わけでもなかったけれど

あの頃
あれは春の時代

小さなつぼみが
いっせいに
ほころび　ゆらめき
香りをはなっていた

少し不安で　でも
満ち足りていた　あの頃

私はいつも
風に吹かれていた
空ばかり見ていた

いつも遠くへ行きたいと
思っていたあの頃

あれは春の時代
悲しくても
花々に囲まれていた

夏の一日

あたたかい
海の上で
雲が生まれる

緑にむせる
山の上で
雲が生まれる

命はこんなにも
はかないと
朝つゆが消える

命はこんなにも
はげしいと
セミが鳴く

わたしは
夕立の中で
立ちどまる

もう　ずぶぬれなのだと
立ちつくす

夕立が上がると
止められていた
時間が

いっせいに
動き出す
夏の一日は
いそがしい
わたしの髪も
かわきはじめる
夏の一日は
まだ　終わらない

約束の秋

熱を帯びた風は
去っていった

こころよい　かわいた風が
高い空から　おりてくる

色づく果実
しなやかにゆれる　秋の花々

思いどうりでは　なかったけれど
約束は果された

初夏にみつけた　小鳥の巣
まだぬくもりが残っていそうな
巣立ちのあとの　小鳥の巣

今　その場所を探しても
風にほどけて　跡かたもない
けれど小鳥は
次の春にも巣を作り
恋をするだろう
さえずりをかわしあいながら

思いどうりでは　なかったけれど
約束は果された

あの人との約束

自分との約束

わたしは歩いていく
深まる秋につつまれて

やわらかな日ざしが
わたしの肩を　あたためる

冬の色

降りつもる　雪
白い世界

みどりに萌えた
春の夢を眠らせ

するどくとがった
トゲのあるかれ枝も
やさしく包む

降りつもる　雪
世界は白い
曲線になる
冬の色
わたしの息も　白い

やさしい　うた

やさしい　うたを
うたってください

はげしい嵐のあとの

木々のそよぎ

まだ乾かない
草花の水滴が
光をあつめる

そんな世界に

誘ってください
やさしい　うたで

眠りの中で
すべてを忘れる

わたしは
一本の草になり
風になり
雲になる

過去も未来も
見えない

ただ　青い空
いつかわたしは
流れていきたい
やさしい　うたになって

Ⅳ

階段　かもしかときじ

山の中の道を
車で走っていた

かもしかが
しげみの中から飛び出し

高台に建つ家への
木の階段を
かけ登り

家のうしろに
飛びこんでいった

かもしかの姿が
目の中に残る

「かもしかも
階段をつかうんだね
いそぐ時は
便利なほうがいいんだね」

○

山の中の道を
車で走っていた
道路のずっと先を

一羽のきじが
チョコ　チョコ
横切っていった

それから
車に
おどろくようすもなく

古いだれも住んでいない
家のこわれた階段を
ピョコ　ピョコ
上っていった

「きじは　つばさがあっても

急がない時には
飛ばないんだね

いっしょうけんめい
階段を上っていったね」

しっぽ

たぶん持っていた
しっぽ

どこかに
わすれてきたみたい
わたしのしっぽ

しっぽがあれば
言葉を使わなくても
気持ちを伝えられるのに
しっぽをおもいきりふって

どんなにうれしいか
しっぽをたれて
とても心配してるって
伝えられるのに

言葉はたくさんあるけど
あらわせないことがある
言葉につまった時
しっぽがあればいいのに
しっぽは気持ちと
一直線に
つながっているはずだから

約束

約束したのに
あの子はこない
白い花をつけたすももの木の下で
首がだるくなるまで
花を数えてみた

郵便屋さんがとおって
トラックがとおって
犬がとおった

そして
家に帰ってきたけれど

わたしの影はまだ
すももの木の下にいて
ふりそそぐ花たちのささやきの中
友だちがくるのをまっていた

きみといっしょに

さんぽにいくと
きみは　うれしくて
土手の草むらに鼻をつっこみ
首輪で首が
ひっぱられるのも気にせず
あっちむき
こっちむき
クンクン
においってばかりだった

でも今は
たまに　あいさつていどに

クンクン
するだけ

はじめて
うちにきた日には
ぼくが小さなおさらで
ミルクをあげたのに

きみは犬の年で
もうぼくの年をとっくにこえ
おとうさんの年も
こえるくらいになった

きみは自分を生んだ
犬のおかあさんや

なんびきもいた
犬のきょうだいたちのことを
すぐにわすれて
しばらくの間にすっかり
ぼくの家の家族になった

ぼくは　ぼくに生まれてきたことを
まあ　よかったと思っているけど
きみは
ぼくの家にきたことを
よろこんでいるかな

きみはエサをもらったり
さんぽにつれていってもらったり
水をもらったり

自分では
なんにもできないから
ぼくは
きみを大切にしたいと思う

だから
だれかの力を
必要とする人のことも
大切に思わなきゃいけない
と　思うよ

きみが空を見あげて
クンクン
風のにおいをかいだ

もう秋が近づいてきているね
ぼくにもわかるよ

V

島

私の目の中に
海が　映ってゆれている

私はいつも
海のかなたを見ている

母は山の畑をたがやし
父は小さな舟で漁をする

鳥がとんでくる
雲が流れていく

日当りのいい
段々畑には
祖父の墓があり
その父の墓もある

海に背中を向けて
石段を登りつめると
目の前に広がる　海

遠い昔から
島の時間は
波が刻んできた

今日も　島は
満々た青いうねりに
かこまれている

おかあさんの庭

おかあさんの心の中に
子どもの頃の
古い家の庭があり
たまに　ぼんやりと
思いおこしてみるのだそうです

そこはいつも明るくて
雨の時もおだやかで
おばあちゃんがつくる
バラや　ぼたんや　グラジオラスが
季節をこえてさいていて
もう死んでしまった
友だちや　犬や　おとうさんもいて

だしっぱなしの　おもちゃがあったり
赤いボールがころがっていたり
するのだそうです

おかあさんが年老いた
おばあちゃんになっても
その庭の中には
子どものおかあさんがいて
泣いたりはしゃいだり
かんがえこんでいたりするでしょう

わたしには　いくことのできない
おかあさんだけの庭

わたしはそっと
思いうかべてみます

こもりうた

母はうたう
遠い国で生まれた
うたを
うたいつがれてきた
古いうたを
母はかたる
やさしい声で

今　ここにいる
よろこびを
あふれる思いが
うたになる

うでの中でねむる
わが子にうたう

いつもそばにいるわ
年老いても
心だけになっても
いつもいっしょよ

母はうたう
あたたかい息で
世界をつつむ

ねむりなさい
深い海のように

時の声が聞こえてくる

サラサラ流れていく
思い出の川
そのほとりに
たたずんでいたい

そんな時がある

ユラユラゆれている
思い出の光
ずっと包まれていたい
すべてをわすれて

いつも思い出は
やさしい声で歌う
ささやくように

時の声が
聞こえてくる
過ぎた日々の記憶

そして
雲の割れ目からさす
一筋の希望

未来からの声

ある日　（あとがきにかえて）

ずっと　ここにいる
気がつくと　ここにいた
もう　決められていた

あれも
これも

でも　いくつかは
自分で
えらぶこともできる

することもできる

ふれるもの
であうもの

心の中に
日記のように
書きとめる

そして
それが　ある日
手紙になる

花がさいたあとの
果実の　実りのように

〝どうぞ　受けとってください〟
ふるえる　くちびるで
こう　つぶやく

高崎乃理子（たかざき　のりこ）

徳島に生まれる

詩集「さえずりの木」「妖精の好きな木」（かど創房）

　　「おかあさんの木」（教育出版センター）

　　「呼ぶ声」（思潮社）

　　「見えない空に」（てらいんく）

共著「輝け！いのちの詩」「いま、きみにいのちの詩を」（小学館）

　　「愛の花たば」、ユーモア詩のえほん「ぼくの犬は無口です」（岩崎書店）

　　「詩はうちゅう３年生」（ポプラ社）

　　「元気がでる詩５年生」（理論社）

みみずく同人、（社）日本歌曲振興会会員、（社）日本ペンクラブ会員

横山ふさ子（よこやま　ふさこ）

画家。さし絵画家。鎌倉生まれ。

1974年、玉川大学芸術学科卒業。

1988年より、銀座「ギャラリーおかりや」で、年１回の油絵の個展開催。

言葉あそび「えとじのたまごとじ」（フレーベル館）、絵本に、「フクちゃん絵本」（小学館）、さし絵に、「パパあべこべぼく」（ベネッセ）、「はいけい女王様弟を助けてください」（徳間書店）などがある。

時の声が聞こえてくる

高崎乃理子詩集

発行日　二〇一〇年三月九日　初版第一刷発行

著　者　高崎乃理子

装挿画　横山ふさ子

発行者　佐相美佐枝

発行所　株式会社てらいんく

〒二一五-〇〇〇七　川崎市麻生区向原三-一四-七

ＴＥＬ　〇四四-九五三-一八二八

ＦＡＸ　〇四四-九五九-一八〇三

振替　〇〇二五〇-〇-八五四七二

印刷所　株式会社厚徳社

2010 Printed in Japan

 ISBN978-4-86261-067-6 C8392

落丁・乱丁のお取り替えは送料小社負担でいたします。

直接小社制作部までお送りください。